D1338095

Voor Floris

Een BN'er als moeder

Jolanda Horsten
Tekeningen van Jenny Bakker

Zwijsen

Hanna en Pepijn werken hard aan de schoolkrant.
Vanmiddag om vier uur moet hij klaar zijn.
Ze maken even tijd vrij om naar Kidzz-Newzz te
kijken. Dat is een soort Jeugdjournaal. Hanna's moeder
werkt daar.
Maar wat is dat? Kidzz-Newzz heeft een item over
hun school. Dit is hun onderwerp. Dit is puur jatwerk.
Heeft mama dat gedaan? vraagt Hanna zich af. Ze kan
het zich niet voorstellen. Een vreemde zaak!

Ben je benieuwd naar deze vreemde zaak? Lees dan snel
verder!

Diefstal

Zachtjes klopt Floris op Hanna's kamerdeur. 'Hé zus-jelief, ben je daar?'
Geen antwoord.
Hij opent de slaapkamerdeur. Niemand te zien.
Opgelucht glipt hij naar binnen. Razendsnel zoeken zijn ogen Hanna's bureau af.
Yep, daar ligt-ie, haar USB-stick. Hij valt meteen op door het bijzondere zebrahoofdje aan het uiteinde. Hanna heeft hem voor Sinterklaas gekregen.
Vliegensvlug laat Floris de USB-stick in zijn kontzak glijden. Die had hij net eventjes nodig. Ontzettend fijn dat zijn zus zo goed georganiseerd is. Hanna zou nooit toestemming geven om die stick te gebruiken. 'Je verliest hem waarschijnlijk toch,' zou ze zeggen. En gelijk heeft ze. Hij is altijd alles kwijt. Ook zijn slaapkamer is een chaotische bende.
Floris en Hanna zijn broer en zus.
'Dat jullie hetzelfde genetische materiaal hebben,' zegt hun moeder altijd. 'Ik heb nog nooit zulke ver-schillende kinderen gezien.'
Dat klopt helemaal. Hanna is ontzettend netjes. Ze weet altijd precies waar haar spullen liggen. Ze maakt consequent haar huiswerk, sport regelmatig en is ook nog heel actief voor een popband en voor hun schoolkrant *Molenwieks Story*.
Floris grinnikt. Hij gaat gewoon naar school en daar

is veel mee gezegd. Zijn overige tijd besteedt hij
aan het ontwerpen van games. Dat wil hij later ook
beroepsmatig gaan doen. Hanna's USB-stick heeft hij
eventjes nodig om gegevens mee te nemen naar zijn
boezemvriend Christiaan, ook een gamefreak.
'Floris! Kom je beneden?'
Dat is zijn moeder.
'Je wilt toch nieuwe sportschoenen. Kom dan. Sport-
schoenen moet je echt zelf passen.'
Floris roetsjt razendsnel naar beneden. Daar staat zijn
moeder ongeduldig te wachten.
'We moeten straks eventjes langs de redactie,' zegt ze.
'Ik ben twee banden vergeten.'
'Best,' mompelt Floris binnensmonds.
Hij vindt het altijd leuk om mee te gaan naar
mama's werk. Ze werkt bij Kidzz-Newzz, een soort
Jeugdjournaal, maar dan voor een commerciële tele-
visiezender. Mama is daar redacteur en verslaggever.
Ze is altijd op zoek naar onderwerpen. *Items*, noemt
ze die. Ze gaat regelmatig op pad met een cameraploeg om ergens een reportage te maken. Soms gaat
ze met en soms zonder de presentatrice van Kidzz-
Newzz, Madeline. Floris vindt Madeline een gigantisch leeghoofd.
Hij trekt zijn versleten spijkerjack aan en loopt achter zijn moeder aan naar buiten.

Attentie! Actie!

'We doen het over,' zegt mama geduldig.
Madeline kijkt extreem verveeld.
'Camera loopt,' zegt de cameraman.
'Attentie,' roept mama. 'Actie!'
Het gezicht van Madeline schiet onmiddellijk in een
charmante glimlach en ze kijkt recht in de camera.
'Circus Maniak is opgelucht,' vertelt ze. 'De artiesten mogen gewoon doorgaan met hun circusacts
met wilde dieren, ondanks bezwaren van sommige
gemeenten. Dat heeft de rechter vandaag besloten. Ik
sta hier naast de circusdirecteur. Wanneer hoorde u
het goede nieuws …?'

Floris is vandaag op pad met zijn moeder. Ze moet
werken, ook al is het zaterdag. Televisiewerk gaat
altijd door, vooral het nieuws. Er is altijd wel ergens
nieuws.
Floris mocht mee. Of eigenlijk móést hij mee.
Hanna heeft een verjaardagsfeestje van een vriendin-
netje en papa is midgetgolfen met studievrienden.
Dat is al maanden geleden afgesproken.
'Ik neem Floris gewoon mee,' had mama aangekon-
digd. 'Ik wil niet dat hij de hele dag alleen rond-
zwerft of achter zijn beeldscherm zit te gamen.'
Gamen had Floris nog leuker gevonden, maar op
stap met een cameraploeg vindt hij zeker geen straf.

Hij heeft zijn digitale fototoestel meegenomen, dan
kan hij mooi wat plaatjes schieten. Misschien houdt
hij zijn spreekbeurt binnenkort wel over televisiewerk. Over games heeft hij het al zo vaak gedaan.
Dat onderwerp heeft de juffrouw voortaan verboden.
Hij loopt zachtjes naar de geluidsman. Die draagt
een microfoon aan een superlange stok. Dat heet
een hengel, weet Floris. De geluidsman houdt die
hengel boven de hoofden van Madeline en de circusdirecteur. De cameraman moet ervoor zorgen dat die
hengel niet in beeld komt, maar dat lukt niet altijd.
Mama vindt dat bijzonder irritant, want het materiaal is dan in principe onbruikbaar.
Er nadert een goederentrein.
'Stop,' schreeuwt de geluidsman. 'Dit is volstrekt zin-
loos.'
Floris kijkt naar Madeline. Eigenlijk doet ze het
vreselijk slecht. Zijn moeder zou het waarschijnlijk
stukken beter doen, veel natuurlijker. Mama schrijft
alle teksten voor Madeline en die moet ze bovendien
op een groot papier schrijven en naast de camera
omhoog houden, zodat Madeline de tekst kan lezen.
Anders kan ze het niet onthouden. Hersenloos
schaap.
'We kunnen weer,' roept mama.
'Camera loopt,' zegt de cameraman.
'Attentie. Actie!' roept mama.
Madeline tovert haar charmante glimlach weer

tevoorschijn. Wat een treurigheid. Zou dat mens wel eens echt lachen?

'Circus Maniak is opgelucht,' begint ze weer. 'De artiesten mogen doorgaan met hun circusacts met wilde dieren, ondanks bezwaren van sommige gemeenten ...'

De hoeveelste keer is dit? Madeline kijkt steeds chagrijniger. Ze heeft die teksten nu al minstens vijf keer opgezegd, en nog moet ze de briefjes lezen.

'Domme, hersenloze muts,' fluistert Floris.

Mama kijkt hem boos aan. Nu lijkt alles eindelijk goed te gaan, zit hij erdoorheen te kletsen. Hij begrijpt dat ze dat niet kan waarderen.

'Het staat erop,' zegt mama even later tegen de circusdirecteur. 'Nog een paar shots van het circus, natuurlijk vooral van de dieren, dan zijn we klaar.'

'Geen probleem,' zegt de directeur. Hij is supervrolijk.

Dat begrijpt Floris wel. Hij heeft de rechtszaak gewonnen en komt op televisie. Dan weet iedereen dat zijn voorstelling met dieren gewoon doorgaat. Dat is het effect van televisie. Gratis reclame.

Floris volgt de cameraman. Als je achter de camera blijft, sta je nooit in het shot, heeft hij geleerd. Het is natuurlijk niet de bedoeling dat hij straks op televisie te zien is. Hoewel ... zou eigenlijk best lachen zijn.

Mama leidt de cameraploeg het circus door. Ze zegt

precies waar ze opnamen van wil hebben en de came-raman begrijpt haar onmiddellijk.

Ze vormen een goed geolied team, ziet Floris. Alleen Madeline loopt er voor spek en bonen bij. Die is eigenlijk niet meer nodig, maar ze kan pas naar huis als iedereen klaar is. Ze zijn namelijk allemaal met hetzelfde busje gekomen. Dat busje heet een ENG-wagen.

Plotseling voelt hij zich apetrots op zijn moeder. Wat heeft ze toch een supergave baan. En wat doet ze het geweldig goed. Wat hijzelf met gamen heeft, heeft zijn moeder met televisiewerk.

Vreemd

Alle spullen worden in de ENG-wagen geladen; de camera, geluidsapparatuur, banden en ontzettend veel losse snoertjes en koffertjes met allerlei spullen. Floris weet niet eens wat allemaal precies.
Iedereen is druk bezig met sjouwen en afscheid nemen van het circus. Alleen Madeline is alvast in de ENG-wagen gaan zitten. Ze werkt haar lippen bij. Waar is dat nou voor nodig? denkt Floris geïrriteerd. De opnamen zijn toch afgelopen?
'Ga maar vast in het busje zitten,' zegt mama tegen hem. 'We zijn bijna klaar. Nog even afscheid nemen van de circusdirecteur, daarna kom ik.'
Floris glipt in het busje en gaat naast Madeline zitten.

De circusreportage zit vandaag nog in Kidzz-Newzz. Mama gaat nu naar Hilversum om te monteren. Dat betekent dat ze al het filmmateriaal gaat bekijken en uitkiest wat ze uiteindelijk echt gaat gebruiken. Dat gaat ze plakken en knippen tot een filmpje van drie minuten. Ongelooflijk eigenlijk dat ze de hele ochtend bezig zijn geweest voor een filmpje van drie minuten. En dat moet mama bovendien ook nog een paar uur monteren. Allemaal voor drie minuten televisie.

Floris kijkt opzij naar Madeline. Ze is nog steeds met haar lippen bezig. Ze doet er nu lipgloss of zoiets overheen. Haar zilverkleurige handtas staat open. Nieuwsgierig gluurt Floris erin. Gluren is niet echt netjes, weet hij. Er zit vast alleen make-up in en een mobieltje met een hoop blingbling.

Ja hoor, kijk maar. Het mobieltje schittert hem tegemoet. Hé, maar wat is dat? Dat lijkt Hanna's USB-stick wel. Dat kan toch niet? Er zijn vast meer van deze sticks met een zebrahoofdje erop, maar hij is wel bijzonder. Je ziet deze exemplaren niet vaak.

Floris voelt aan zijn kontzak. Hij had deze spijkerbroek aan toen hij de USB-stick jatte uit Hanna's slaapkamer. Hij heeft eigenlijk altijd deze spijkerbroek aan, tot groot ongenoegen van zijn moeder. Hij voelt in zijn andere kontzak. Allebei leeg, helaas. Heeft hij die stick misschien teruggelegd op Hanna's bureau? Hij herinnert het zich niet.

De cameraman stapt in en start het busje. Eindelijk vertrekken ze.

Floris knijpt zijn ogen dicht. Waar heeft hij die USB-stick voor het laatst gebruikt? Hij probeert zich precies te herinneren waar hij allemaal is geweest. Allereerst heeft hij sportschoenen gekocht met mama. Daarna zijn ze eventjes langs de redactie van Kidzz-Newzz gegaan. Vervolgens is hij naar Christiaan gegaan om samen aan een nieuwe game te

werken. Daarvoor had hij Hanna's USB-stick meegenomen. Hebben ze hem eigenlijk ook gebruikt?
Waarom herinnert hij zich dat niet? Hoogst irritant!
Nee, bedenkt hij dan plotseling. Christiaans vader
is een oldtimer aan het opknappen, een antieke
Volkswagen Kever. Die was eindelijk zover klaar dat
hij ermee kon rijden. Ze zijn een paar kilometer gaan
toeren over toeristische weggetjes, hebben nog wat
gedronken en toen moest hij alweer naar huis.
Heeft hij die USB-stick daarna in Hanna's slaapkamer teruggelegd? Waarom is hij toch zo'n gigantische
chaoot? Nu moet hij dat ding zoeken.
Hij kijkt opzij naar Madeline. Heeft zij die stick ...?
Nee, dat is bijna onmogelijk. Er zijn heus wel meer
van deze zebrastickjes gemaakt. Het zou toch kunnen
dat Madeline toevallig ook zo'n exemplaar heeft. Dat
moet de verklaring wel zijn.
Maar als hij straks thuiskomt, gaat hij meteen die
stick zoeken. Hanna vermoordt hem als hij hem is
kwijtgeraakt.

Zoektocht

Het televisiebusje stopt en Floris springt eruit.

'Heb je de huissleutels?' vraagt mama.

Floris knikt bevestigend. Hij is al bijna bij de voor-deur.

'Waarom heb je zo'n haast?' vraagt mama. 'Moet je nodig naar de wc of zo?'

Floris schudt nee.

'Neem dan even fatsoenlijk afscheid, alsjeblieft. Ik ga dadelijk monteren. Daarna kom ik meteen naar huis. Hanna verwacht ik voor etenstijd terug. Reken niet op papa.'

'Goed.' Floris steekt zijn rechterhand op als groet. Gelukkig, de cameraman geeft gas. Mama zwaait hem vriendelijk na.

Floris stormt het huis door. Hij begint in Hanna's slaapkamer. Geen USB-stick te bekennen. Zijn eigen slaapkamer? Daar is het zo'n gigantische bende. Iets kleins als een USB-stick valt echt niet op tussen alle troep. Waar is dat ding gebleven? Floris concentreert zich.

'Er zijn drie mogelijkheden,' zegt hij hardop tegen zichzelf. 'Of die USB-stick ligt ergens hier in huis, maar dan ben ik nog wel eventjes aan het zoeken. Of ik heb hem gewoon teruggelegd op Hanna's slaapka-mer. Of, en dat zou bijzonder lullig zijn, ik ben die stick onderweg tussen de schoenenwinkel, Kidzz-Newzz, Christiaan en ons huis verloren.'

Een tijdje later komt Hanna thuis.
'Organiseer je een metamorfose?' vraagt ze verbaasd.
'Ongelooflijk! Zo opgeruimd heb ik jouw slaapkamer nooit eerder gezien. Trouwens, beneden was het ook al zo ongelooflijk netjes. Doe je een heitje voor een karweitje? Dan weet ik nog wel een klusje voor je zusje.'
Floris zucht.
'Wat is er?' vraagt Hanna. 'Zo ken ik je helemaal niet. Zo neerslachtig, zo vermoeid, zo keurig netjes en opgeruimd.'
Floris zucht weer.
'Wat is er toch?' Hanna gaat naast hem zitten.
'Dat wil je helemaal niet weten,' antwoordt Floris.
'Jawel.'
'Ik euh … ik heb een vraag. Mag ik jouw USB-stick misschien lenen?'
'Alleen als je er superzuinig op bent.'
'Tuurlijk,' zegt Floris. Hij voelt dat zijn gezicht vuurrood wordt.

Even later is Hanna terug op Floris' slaapkamer.
'Ik kan mijn USB-stick nergens vinden,' zegt ze. 'Ik weet zeker dat-ie boven op mijn bureau lag, maar hij is verdwenen. Ontzettend vreemd. Zou ik hem

hebben meegenomen naar school, voor *Molenwieks
Story*? Ik hoop niet dat hij echt kwijt is, want er staan
verschillende artikelen op voor de schoolkrant.'
Floris mompelt iets onverstaanbaars. Hij heeft
opeens enorme buikpijn. Dus zo voelt schuldgevoel,
denkt hij. Die USB-stick móét hij terugvinden, hoe
dan ook.

De zoektocht gaat verder

Het is inmiddels woensdag geworden. Floris heeft
nu echt elk minuscuul hoekje van het huis afge-
zocht. Vandaag heeft hij er weer de hele middag aan
besteed. Hij komt nauwelijks nog aan zijn games toe.
'Even pauzeren,' zucht hij wanhopig.
Hij schenkt een glas sinaasappelsap voor zichzelf in
en neemt er drie speculaasjes bij. Dat mag eigenlijk
niet, maar wie kan het verbieden? Zijn ouders zijn
allebei werken en Hanna werkt op school aan de
schoolkrant. Hij pakt de afstandsbediening en zet het
televisietoestel aan.
Hé, Kidzz-Newzz begint net. Even kijken. Misschien
zit er een onderwerp van mama in. Kijk nou, hun
school is in het nieuws.
'Directeur moet sorry zeggen,' hoort hij Madeline
vertellen. Ze gaat verder: 'Leerlingen van basisschool
De Molenwiek zijn boos dat ze chips en frisdrank
kregen tijdens de sportdag. Dat blijkt uit een enquête
onder leerlingen. Natuurlijk houden ze van chips en
frisdrank, maar juist omdat de school strenge regels
hanteert, pikken ze dit niet. Bij een verjaardag zijn
alleen gezonde traktaties toegestaan. Snoep en koek
in de lunchtrommel zijn streng verboden. De leerlingen eisen excuses van hun directeur.'
Is dat niet het onderzoek van Hanna en Pepijn? Ze
hebben er uitgebreid over gesproken aan tafel. Mama

was ontzettend enthousiast. Ze had het over echte onderzoeksjournalistiek. Hoe komt dit in Kidzz-Newzz terecht? Hanna had het erover dat *Molenwieks Story* de *scoop* kreeg. Hij vond het nog zo'n belachelijk woord.

'Zeg gewoon primeur of iets dergelijks,' had hij gezegd.

Maar mama had Hanna onvoorwaardelijk gesteund. 'Zo noemen journalisten het als ze nieuws als eerste brengen,' vertelde ze.

En Hanna had eraan toegevoegd: 'Nee, *bots, level, paddle*, alsof dat normaal taalgebruik is.'

Papa en Floris hadden elkaar veelbetekenend aangekeken en naar elkaar geknipoogd.

Een paar uur later komt Hanna hijgend thuis.

'Je onderzoek zat in Kidzz-Newzz,' zegt Floris.

'Ik heb het gezien,' briest Hanna. 'Ik ben woedend. Het is óns onderzoek, en nu pronkt Kidzz-Newzz ermee. Ik verdenk mama ervan …'

'Dat is nogal een heftige beschuldiging,' zegt Floris. 'Jij denkt dat mama het onderwerp gejat heeft?'

'Hoe zijn ze er anders aan gekomen?' snauwt Hanna. 'Verder wist niemand ervan.'

Floris zegt niets. Hij heeft plotseling wel een idee hoe dat mogelijk is. En buikpijn …

Hij kijkt zijn zus schuldbewust aan. 'Ik geloof dat ik iets moet vertellen,' zegt hij.

Een val

Floris schenkt drie glazen sinaasappelsap in. Ze hebben spoedberaad op zijn slaapkamer; hij, Hanna en Pepijn, zijn klasgenoot die samen met Hanna de hoofdredactie vormt van *Molenwieks Story*, hun schoolkrant.

'Dus jij denkt dat die presentatrice, Madeline, het verhaal gestolen heeft van Hanna's USB-stick?' vraagt Pepijn.

'Dat is eigenlijk de enige mogelijkheid,' antwoordt Floris.

'Je had ook gewoon van die stick moeten afblijven,' moppert Hanna.

'Dat is me inmiddels wel duidelijk. Dat heb je al minstens tien keer gezegd. Sorry.'

'En dat heb jíj al minstens tien keer gezegd,' bitst Hanna. 'En het helpt helemaal niets.'

'Jongens, houd erover op,' zegt Pepijn streng. 'Het is nu eenmaal gebeurd. We kunnen het helaas niet meer terugdraaien. We moeten bewijzen dat Madeline de onderzoeksresultaten heeft gejat.'

'Maar hoe?'

'Ik doe niet mee,' zegt Hanna kwaad. 'Ik heb al genoeg extra werk. Ik moet alle artikelen voor het volgende nummer van *Molenwieks Story* helemaal opnieuw schrijven. Alleen omdat mijn broertje niet met zijn tengels van mijn spullen kan afblijven.'

Kwaad stampvoetend loopt ze de slaapkamer uit.
'Dan moeten wij het samen doen,' zegt Pepijn. 'Laat
Hanna maar even. Die draait straks wel weer bij.'

Een halfuurtje later hebben Floris en Pepijn een
plannetje gesmeed. Ze hebben een neponderzoek
bedacht en zetten dat op een USB-stick.
'Maar hoe komt die stick bij Madeline terecht zonder
dat ze argwaan krijgt?' vraagt Pepijn.
'Mijn moeder,' antwoordt Floris. 'Die ziet haar
immers dagelijks.'

Mama weigert

'Absoluut niet,' zegt mama gedecideerd. 'Ik ga geen valstrik opzetten tegen mijn eigen werkgever. Daar verdien ik mijn brood. Ik heb de allerleukste baan ter wereld. Bovendien is Madeline een publieke figuur, een Bekende Nederlander. Als dit uitlekt, zullen alle roddelbladen daarover publiceren. Wat denk je dat er dan gebeurt?'

'Dus BN'ers mogen dingen doen die NM'ers niet mogen?' vraagt Floris.

'NM'ers?' vraagt mama verbaasd.

'Normale Mensen,' antwoordt Floris.

Mama schiet in de lach.

'Natuurlijk niet, maar er wordt nu eenmaal meer op BN'ers gelet dan op NM'ers.'

Mama moet ervan giechelen.

'Het is absoluut niet grappig,' roept Floris pissig.

'Die vrouw heeft het onderzoek van Hanna en Pepijn gestolen.'

'En jij hebt Hanna's USB-stick gestolen,' zegt mama, ernstig nu. 'Dat deugt ook helemaal niet.'

'Dat realiseer ik me,' zegt Floris. 'Daarom wil ik het voor haar oplossen. Hanna is nog steeds gigantisch kwaad. Hopelijk vergeeft ze me als ik haar USB-stick terugbezorg en aantoon dat Madeline hem gejat heeft.'

Mama zucht.

'Ik begrijp het,' zegt ze. 'Maar ik kan niet meewerken aan een neponderzoek. Ik kan wel aan Madeline vragen hoe ze aan die USB-stick met zebrahoofdje komt.'

'Denk je dat ze dan antwoordt: "O, die heb ik gejat uit de spijkerbroek van je zoon?" Iemand die een onderwerp steelt, is ook niet te beroerd om te liegen.'

'Sorry, jongens,' zegt mama. 'Dat is alles wat ik voor jullie kan betekenen. Dat of niets.'

Floris en Pepijn kijken elkaar aan.

'Dat dan maar, mevrouw,' zegt Pepijn vriendelijk, en Floris knikt instemmend.

Betrapt

Wat is deze les saai zeg! Ze zijn oude Cito-toetsen
aan het oefenen en Floris kijkt er scheel van. Wat
wordt er in vredesnaam van hen verwacht?
Zijn mobieltje piept. Chips, vergeten op de tril-
stand te zetten. Gelukkig heeft de juffrouw het
niet gehoord. Ze zoekt nog meer oude Cito-toetsen. Bellen en sms'en in de klas is zwaar verboden.
Mobieltjes mogen niet zicht- of hoorbaar zijn, volgens de regels.
Floris houdt zijn telefoontje stiekem onder zijn tafel
en kijkt met een schuin oog naar het beeldscherm-
pje. Het is een sms-bericht van zijn moeder, ziet hij.
Er staat: *Madeline heeft stick gekocht, beweert ze. Heb
ontdekt dat onderzoek haar idee was. XXX mama.*

Floris schuift zijn mobieltje voorzichtig naar Pepijn,
die naast hem zit. Pepijn leest het berichtje. Ze kij-
ken elkaar sprakeloos aan.
'Zie je wel. Die Madeline is gewoon hartstikke fout,'
fluistert Pepijn.
'Ik wist het wel,' fluistert Floris terug.
Dan ziet hij plotseling een uitgestoken hand naast
zich.
'Inleveren, heren.' Dat is alles wat de juffrouw zegt.
Floris zucht. Dit was te verwachten.
Zuchtend legt hij zijn mobieltje in jufs hand.

'Kom na schooltijd maar langs,' zegt ze. Daarna verdwijnt het mobieltje in haar bureaulade.

Net als ze de lade dichtdoet, klinkt het weer: blieb-blieb.

Weer een sms'je. Heeft mama misschien weer iets ontdekt? Of is het berichtje van iemand anders? Nu moeten ze wachten tot ze zijn mobieltje terug hebben. Als de juffrouw het nu maar niet houdt tot morgen …

Mama zwicht

'Ik heb allebei je sms-berichtjes gelezen,' zegt Floris
na schooltijd tegen zijn moeder. Gelukkig kreeg hij
zijn mobieltje meteen terug van de juf.
'Fantastisch dat je toch wilt meewerken aan ons plannetje.'
'Jazeker,' zegt mama. 'Ik vind het ernstig verdacht
dat juist Madeline het onderzoek heeft aangedragen.
Hebben jullie al een neponderzoek bedacht?'
Floris knikt serieus. 'Het gaat over alcohol,' vertelt
hij. 'Dat niet alleen tieners te veel drinken, maar dat
het zelfs op de basisschool al regelmatig misgaat. We
faken een onderzoek onder kinderen van groep acht.
Achtentwintig procent gebruikt elk weekend alcohol, met instemming van hun ouders. We hebben
er zelfs statistieken aan toegevoegd. Die heeft Pepijn
gemaakt. Hij is ontzettend handig met computers.'
Floris grinnikt. 'Dat zal Kidzz-Newzz vast enorm
interessant nieuws vinden.'
'Zet jullie neponderzoek maar op deze USB-stick,'
zegt mama. Ze overhandigt Floris een stickje. Het is
een heel gewoon stickje, dertien in een dozijn.
Floris kijkt haar aan.
'Slimmerik,' zegt hij. 'Nu wordt Madeline tenminste
niet achterdochtig.'
Mama knikt. 'Jij begrijpt het!'
'Zullen we Hanna hierover inlichten?' vraagt Floris.

30

'Ze is nog steeds erg boos,' antwoordt mama. 'Laten we maar eventjes wachten. Misschien kunnen we haar straks verrassen met de oplossing. Het is overigens niet de bedoeling dat jullie neponderzoek echt op televisie komt, maar dat begrijp je zeker wel. Ik wil alleen bewijzen dat Madeline onderwerpen steelt en dat ze niet controleert of ze kloppen. Dat is een journalistieke misdaad.'

Floris knikt begrijpend.

'Ik vertrek nu naar de redactie,' zegt mama. 'Ik zal het stickje vlak voor de uitzending op Madelines presentatiedesk neerleggen. Dan móét ze het wel vinden tijdens het presenteren.'

Mama geeft Floris een dikke knuffel.

'Duim maar dat alles goed afloopt,' zegt ze. 'En dat ik mijn baan niet verlies.'

Die middag zit Floris voor de televisie. Nieuwsgierig zapt hij naar Kidzz-Newzz. Ha, de uitzending begint.

'Goeiemiddag,' zegt Madeline.

Wat ziet ze er vandaag weer overdreven uit, zeg. Ze heeft staartjes in haar haren, alsof ze een vijfjarige kleuter is.

'Vandaag weer veel nieuws bij Kidzz-Newzz,' gaat ze verder.

Stomme inhoudsloze troela. Floris hoopt dat ze de USB-stick van haar presentatiedesk heeft gepakt en meegenomen. Dan is ze straks gloeiend de sigaar.

Ongelooflijk eigenlijk dat zo iemand een BN'er is. Ze is onaardig, kan niet presenteren en ze is ook nog een extreem slechte journalist die haar onderwerpen steelt. Daar is Floris van overtuigd. Moet je zien hoe nep ze glimlacht. Ze lacht op commando. Zodra de camera aangaat, krullen haar mondhoeken automatisch omhoog. Dat was ook duidelijk het geval bij de opnamen bij circus Maniak.

Kidzz-Newzz is alweer afgelopen. Floris wil net het televisietoestel uitzetten, als zijn mobieltje gaat. Het is zijn moeder.

'Het USB-stickje is weg,' zegt ze. 'Het ligt niet meer op de presentatiedesk van Madeline. Nu wordt het spannend.'

Floris zucht. Ze moeten afwachten. Zou Madeline het lef hebben om het onderzoek te jatten en er een onderwerp voor Kidzz-Newzz van te maken? Zó dom kan ze toch niet zijn?

Enkele minuten later belt zijn moeder alweer. 'Lieverd, oma is gevallen. Ik moet onmiddellijk naar haar toe. Het komt buitengewoon vervelend uit, net nu papa in Barcelona zit voor zijn werk, maar je begrijpt dat ik erheen moet. Ik heb Pepijns moeder gebeld. Ze komt jou en Hanna thuis ophalen. Jullie logeren bij Pepijn. Doe wat spullen in een rugzak. Ik houd jullie telefonisch op de hoogte. Ik vertrek nu onmiddellijk naar het ziekenhuis.'

Floris hangt op. Wat zielig voor oma! Ontzettend fijn dat mama er meteen heen gaat. Mama is oma's enige kind en opa is al jarenlang dood.

Erger dan erg

De volgende ochtend belt Floris zijn moeder meteen zodra hij wakker is. Hij zet zijn mobieltje op de speaker, zodat Hanna kan meeluisteren. Zij is ook vreselijk geschrokken. Hun allerliefste oma ...

'Hoi mama, Floris hier.'

'En Hanna!' roept Hanna erdoorheen.

'Heb je nieuws van oma?'

'We zijn allebei nog steeds in het ziekenhuis,' antwoordt zijn moeder. 'Ze hebben röntgenfoto's gemaakt van oma's heup en een hersenscan. De specialist bestudeert ze nog. Oma is helemaal bont en blauw. Ze heeft een lelijke smak gemaakt. Daarom wilden ze haar vannacht in het ziekenhuis houden, ter observatie. Ze vrezen hersenletsel. Straks komt de specialist. Wil je oma eventjes spreken?'

'Kan dat dan?' In zijn gedachten ligt oma half bewusteloos, zacht kreunend in bed, onder de blauwe plekken, maar dat valt dus gelukkig mee.

'Hé jonkie,' klinkt oma's stem zwakjes.

Floris kan het niet helpen, maar hij wordt emotioneel. 'Hallo oma,' antwoordt hij en hij voelt zijn stem dichtslaan.

Gelukkig neemt Hanna het gesprek over. Het is ongelooflijk fijn om naar oma's stem te luisteren. Hanna hangt op. Ze wrijft met haar hand zachtjes over zijn schouder.

'Gaat het?' vraagt ze bemoedigend.
Floris knikt. Gelukkig, Hanna doet tenminste weer lief tegen hem.

Na schooltijd bellen ze mama meteen weer.
'Goed nieuws,' zegt ze. 'Oma's hersenen zijn nog als nieuw en haar heup is niet gebroken. Haar ribben zijn gekneusd. Dat is bijzonder lastig en vreselijk pijnlijk, maar niet meer dan dat. De blauwe plekken zijn over een paar weken waarschijnlijk helemaal verdwenen.'
Hanna en Floris kijken elkaar opgelucht aan.
'Ik blijf vannacht nog bij oma logeren. Papa komt jullie straks ophalen bij Pepijn. Zijn vliegtuig landt om vijf uur vanmiddag op Schiphol.'

Floris brengt uitgebreid verslag uit aan Pepijn.
'Allemaal goed nieuws dus,' zegt hij.
Dan slaat hij zijn hand voor zijn mond. Over nieuws gesproken. Hij heeft helemaal niet meer aan Kiddz-Newzz gedacht, alleen aan oma.
'Zou Madeline iets gedaan hebben met die USB-stick? We hebben de uitzending van Kiddz-Newzz gemist.'
'Dan kijken we toch via internet,' oppert Pepijn. Hij start meteen zijn computer op.
Even later zitten ze met zijn drieën achter het beeldscherm. Pepijn dubbelklikt op het starticoontje. Daar

verschijnt Madeline al.

'Goeiemiddag,' zegt ze. 'Vandaag weer bijzonder veel nieuws bij Kidzz-Newzz. We beginnen met een onderzoek naar het drankgebruik bij basisschool-leerlingen ...'

Floris en Pepijn kijken elkaar geschrokken aan. Wat erg! Wat is dit vreselijk, verschrikkelijk erg!

Mama in de stress

Papa en Hanna slapen nog, maar Floris is belachelijk vroeg wakker vanmorgen. Hij heeft helemaal niet lekker geslapen. Hij moest steeds denken aan Kidzz-Newzz. Hij hoorde telkens Madelines stem zeggen: 'We beginnen met een onderzoek naar het drank-gebruik bij basisschoolleerlingen ...'
Hij heeft mama nog niet durven bellen. Hij heeft het zelfs niet aan papa verteld. Pepijn en hij hebben wel Hanna helemaal bijgepraat over hun plannetje met het neponderzoek. Ze is gelukkig niet boos meer. Sterker nog, ze waardeert hun inspanningen wel.

Floris loopt naar de brievenbus om de ochtend-kranten te pakken. Ze hebben er drie, allemaal voor mama's werk.
Hij begint met *De Telegraaf.* Dat vindt hij altijd de gezelligste krant. *Blunder van Kidzz-Newzz* staat er in vette koeienletters op de voorpagina.
Floris slikt. Hij voelt zich ontzettend warm worden. Het zweet breekt hem uit en hij heeft op slag heftige buikpijn. Hij wist niet dat dat zo acuut kan optre-den.
Hij slaat *de Volkskrant* open. *Kidzz-Newzz schendt gouden regels journalistiek* staat er.
'Dit is helemaal niet goed voor mama,' fluistert hij angstig.

Floris leest het krantenartikel. Er wordt precies uitgelegd wat er is misgegaan. Kidzz-Newzz heeft een neponderzoek gepresenteerd. Wat een vreselijke afgang.
Dan rinkelt zijn mobieltje.
'Heb je de ochtendkranten gezien?' klinkt mama's stem.
'Ja,' fluistert Floris voorzichtig.
'Dit kost me mijn baan,' zegt zijn moeder mistroostig.
Floris zegt niets terug. Hij zou niet weten wat. Dit is echt ontzettend erg.

Op het matje

Nog voordat Floris en Hanna naar school moeten, is mama al thuisgekomen. Ze ziet lijkbleek.
Papa omhelst haar liefdevol. Hij heeft inmiddels ook begrepen wat er allemaal is gebeurd.
'Rustig maar, lieverd,' zegt hij tegen mama. 'De soep wordt nooit zo heet gegeten als hij wordt opgediend.'
'Je begrijpt het niet,' zegt mama verdrietig, terwijl ze haar mobieltje tevoorschijn haalt. Ze heeft een sms-bericht gekregen van haar baas. *Vanmiddag 12.00 mijn kantoor. Alexander.*
'Tja,' zegt papa. 'Dat ziet er inderdaad serieus uit. Ach liefje, in het ergste geval ontslaan ze je. Het is maar een baan, een arbeidscontract. Er zijn gelukkig geen levens mee gemoeid.'
'Je begrijpt het écht niet,' roept mama verontwaardigd. 'Het is de leukste baan ter wereld. Die wil ik helemaal niet kwijt!'
Ze zucht. Er biggelen tranen over haar wangen.
Floris voelt zijn buik alweer opspelen. Hij voelt zich ontzettend schuldig. Dit is allemaal begonnen toen hij Hanna's USB-stick jatte uit haar slaapkamer. Bovendien heeft hij het neponderzoek bedacht, samen met Pepijn.
'Sorry mam,' zegt hij zachtjes.
Zijn moeder kijkt hem aan. 'Lieverdje, hier kun jij helemaal niets aan doen. Ik heb die USB-stick toch

zelf bij Madeline op haar presentatiedesk gelegd. Het
was nooit mijn bedoeling dat het in de uitzending
zou komen, maar door die valpartij van oma heb ik
er helemaal niet meer aan gedacht.'
'Ik ook niet,' zegt Floris. 'Ik wilde zo graag die stick
terug en die ellendige Madeline door de mand laten
vallen.'
'Dat is gelukt.' Mama lacht door haar tranen heen.
'Stuur je me een berichtje als je Alexander gesproken
hebt?' vraagt Floris.

Slecht nieuws

De ochtend kruipt tergend langzaam voorbij. Zelfs de tekenles lijkt vandaag eindeloos te duren. Floris wil steeds op zijn mobieltje kijken of hij al een berichtje van zijn moeder heeft, maar hij durft niet. Als de juffrouw zijn mobieltje afpakt, weet hij helemaal niets.

Rond twaalf uur wordt hij nog onrustiger.

'Succes mama,' fluistert hij tegen niemand in het bijzonder.

Nu zit ze dus bij Alexander, haar baas. Hij zal haar toch hopelijk niet ontslaan. Dat mág gewoonweg niet. Niemand heeft zoveel plezier in haar werk als zijn moeder. Ze is altijd bezig met het nieuws, altijd op zoek naar onderwerpen voor het programma. Ze staat bekend als een van de beste journalisten van Kidzz-Newzz. Vorig jaar heeft ze nog een bonus gekregen omdat ze haar werk zo extreem goed had gedaan. Daar zijn ze met zijn viertjes heerlijk van uit eten geweest.

Floris kijkt op de klok. Kwart over twaalf. Hoelang duurt zo'n gesprek? Toch gauw een halfuur, denkt Floris. Of misschien langer.

Pepijn kijkt hem onderzoekend aan. Die is ook ontzettend nieuwsgierig.

Hij knikt nee. Nog steeds geen bericht van mama, dat bedoelt hij.

Dan, gelukkig toch sneller dan verwacht, voelt hij getril in zijn broekzak. Een sms-bericht!

Hij durft zijn mobieltje niet tevoorschijn te halen.

De vorige keer kreeg hij het dezelfde dag nog terug. 'Maar als het weer gebeurt, ben je het tot de volgende ouderavond kwijt,' had de juffrouw gezegd.'

'Juffrouw, mag ik alsjeblieft naar de wc?' vraagt Floris.

Pepijn kijkt hem gespannen aan.

Snel loopt Floris het lokaal uit. In de gang grijpt hij zijn telefoon. Razendsnel opent hij het bericht.

Ben baan kwijt, staat er.

Floris slikt. Dit was precies waar zijn moeder zo bang voor was. Dan leest hij verder.

Ben baan kwijt, Madeline ook. Kijk vanmiddag naar Kidzz-Newzz.

Floris voelt zich plotseling ontzettend duizelig worden. Hij grijpt zich vast aan de kapstok, want hij is bang dat hij anders flauwvalt.

Als hij de klas weer binnenkomt, knikt hij nee tegen Pepijn.

Hij schrijft de tekst van het sms-bericht op een papiertje en schuift dat voorzichtig naar Pepijn.

Zodra die middag om kwart voor drie de schoolbel gaat, sprinten ze naar het redactiehok van hun schoolkrant, *Molenwieks Story*. Hanna zit al ongeduldig te wachten. Hier bekijken ze Kidzz-Newzz. Als ze

eerst naar huis moeten rennen, halen ze het nooit.
Hanna zet het televisietoestel aan. Gezamenlijk zitten
ze voor de buis: Floris, Hanna en Pepijn. Daar klinkt
het bekende leadermuziekje van Kidzz-Newzz.
'Goedemiddag,' horen ze, maar het is niet Madelines
stem. Het is ... mama! Ze presenteert Kidzz-Newzz!
Het eerste onderwerp is het neponderzoek over alco-
hol. Ze legt alles uit aan de kijkers.
'Volgens mij heeft ze alweer een nieuwe baan,' zegt
Hanna glunderend.
'Champagne!' roept Pepijn enthousiast, maar helaas
staat dat niet in het redactiehok.

Feest

Als mama 's avonds thuiskomt, wordt ze ontvangen door een stralende Floris, Hanna en papa.

Mama lacht breeduit.

'Ongelooflijk, hè,' herhaalt ze steeds. Ze trekt iets uit haar handtas.

'Tada!' roept ze enthousiast en ze overhandigt de zebrastick aan Floris. 'Deze mag jij aan je zus teruggeven.'

Floris overhandigt de USB-stick plechtig aan Hanna.

'Hierbij beloof ik dat ik nooit meer iets uit je slaapkamer zal jatten,' zegt hij serieus.

'Ach,' zegt Hanna. 'Uiteindelijk heeft het tot bijzonder veel goede dingen geleid.'

'Daar proosten we op,' roept papa. 'Op je nieuwe carrière als presentatrice.'

Hij geeft mama een megaknuffel.

'Ik heb nog twee vragen,' zegt Hanna. 'Waarom heeft Madeline het eigenlijk gedaan?'

'Omdat ze een ontzettend dom, achterlijk, hersenloos wezen is,' roept Floris meteen.

'Hohoho,' roept mama. 'Ik denk omdat ze zelf geen geschikte onderwerpen kon bedenken en toch wilde scoren. Wat is je tweede vraag?'

'Ik ga een artikel schrijven voor *Molenwieks Story*. De titel is: *Molenwieks Story* laat Kidzz-Newzz-presentatrice Madeline door de mand vallen.'

Iedereen moet lachen.

'En euh ...' gaat Hanna verder. 'Mag ik alsjeblieft een exclusief interview met de nieuwe presentatrice van Kidzz-Newzz?'

'Absoluut,' antwoordt mama.

'Ik wil ook een vraag stellen,' roept Floris. 'Ik wil ontzettend graag je handtekening. Want als ik me niet vergis, hebben we nu een BN'er als moeder.'

Mama glimlacht.

'Maar nooit vergeten dat ik ook een GM'er blijf,' zegt ze.

Daar proosten ze op.

In de serie Vreemde zaken groep 8 zijn verschenen:

Vreemde zaken

Een geheime oom

Jolanda Horsten

Vreemde zaken

Een raar interview

Anneke Scholtens

Vreemde zaken

De mysterieuze invaller

Henk Hokke

Vreemde zaken

Labrador in de aanbieding

Anneke Scholtens

Vreemde zaken

Mees moet blijven!

Henk Hokke

Vreemde zaken

Een BN'er als moeder

Jolanda Horsten

	ME	ME	ME	ME	ME		
AVI	S	3	4	5	6	7	P
CLIB	S	3	4	5	6	7	8	P

school

Toegekend door Cito i.s.m. KPC Groep

1e druk 2009
ISBN 978.90.487.0302.9
NUR 283

Vormgeving: Rob Galema

© 2009 Tekst: Jolanda Horsten
© 2009 Illustraties: Jenny Bakker
Uitgeverij Zwijsen B.V., Tilburg

Voor België:
Uitgeverij Zwijsen.be, Antwerpen
D/2009/1919/186